P9-CAO-809

BABAR
et le professeur
GRIFATON

LAURENT DE BRUNHOFF

BABAR
et le professeur GRIFATON

Librairie Hachette

l'école des loisirs
11, rue de Sèvres à Paris 6e

Dans la même collection :

1

Histoire de Babar
le petit éléphant

2

Le voyage de Babar

3

Le roi Babar

4

Les vacances de Zéphir

5

Babar en famille

6

Babar et le Père Noël

7

Babar dans l'île aux oiseaux

8

Le coffret anniversaire de Babar

9

Babar et le professeur Grifaton

Loi n° 49.956 du 16.07.1949 sur les publications
destinées à la jeunesse : septembre 1983
Dépôt légal : novembre 2002
Imprimé en France par Aubin Imprimeur à Poitiers

A Célesteville, la ville des éléphants,
le roi Babar et la reine Céleste vivent heureux
avec leurs enfants : Pom, Flore et Alexandre,
et leur cousin Arthur.
Un jour Babar reçoit une lettre de son amie,
la vieille dame. « Ecoutez, dit-il aux enfants :
« Mon cher Babar, je m'ennuie de vous tous
et pense revenir bientôt.
Mon frère, le professeur Grifaton, viendra
peut-être aussi avec ses deux petits-enfants,
Colin et Nadine. Je me réjouis de
vous voir et vous embrasse bien fort. »
« Quelle bonne nouvelle, dit Babar.
_ Hourra ! Bravo ! » crient les enfants.

Les voilà ! Tout le monde est content. Le professeur Grifaton est très ému : il a tellement entendu parler de Babar et de Céleste par sa sœur. Babar embrasse

la vieille dame de bon cœur. Pom, Flore et Alexandre sont ravis de connaître leurs nouveaux amis. Quant à la voiture, elle a beaucoup de succès auprès des éléphants.

La vieille dame
s'installe
dans sa chambre,
défait vite
ses valises
et appelle
tous les enfants.
Pour chacun d'eux
elle a apporté
un cadeau.

En un clin d'œil les papiers sont arrachés et les boîtes ouvertes. Tous sont ravis et se précipitent dans les bras de la vieille dame pour l'embrasser et la remercier.
Le soir dans la chambre des enfants, personne n'a sommeil : ils ont tellement de choses à se raconter et ils s'amusent si bien ensemble.

Tout à coup, en jouant, Colin saute sur la tête
de Pom et lui tire l'oreille.
Pom n'aime pas ça ; il se fâche, attrape
le pied du petit garçon et le fait tourner
autour de lui à toute vitesse.
«Arrête, crie Nadine, ne fais pas de mal à mon frère!»
Flore et Alexandre se précipitent au secours
de Colin en tapant sur Pom avec leurs oreillers.
Tout ce bruit attire Babar. «Voulez-vous dormir!
dit-il. Il est tard maintenant!»

Le lendemain,
le professeur
Grifaton emmène
les enfants
avec lui
à la chasse
aux papillons.

Il leur apprend le nom de ceux qu'il met dans sa gibecière.
Mais Pom ne peut pas s'empêcher de souffler
sur un beau papillon jaune, au moment où
monsieur Grifaton allait l'attraper. Celui-ci
n'est pas content, mais Colin trouve ça très drôle.

Après la promenade, tous se retrouvent dans la chambre du professeur. Celui-ci leur montre sa cage à papillons. « Tu vois, dit-il à Pom, c'est une boîte démontable en plastique. Les petits trous sur le côté laissent passer l'air. »
Colin, à quatre pattes sur le tapis, regarde un livre couvert de photographies de papillons, pendant qu'Arthur admire le microscope, sans oser y toucher. Tout à coup Nadine, qui n'était pas rentrée avec eux, les appelle par la fenêtre :
« Alexandre ! Pom !
Venez vite, venez vite ! J'ai fait une découverte extraordinaire ! »

Nadine les conduit devant l'entrée d'une grotte
que l'on distingue à peine derrière les branches.
Enthousiasmés, ils décident d'en faire leur maison.
Tom apporte de gros coussins que la vieille dame
lui a prêtés : il faut que ce soit confortable.
Eclairés par des lanternes, ils se mettent au travail.

Quand tout fut prêt dans la grotte, les enfants invitèrent Babar, Céleste et leurs amis. Aidés par la vieille dame, ils avaient préparé un succulent goûter, avec beaucoup de gâteaux. Arthur, ce gourmand, a pris un plat d'éclairs pour lui tout seul !

Restés seuls un instant, Babar, Céleste et la vieille dame voient revenir les éléphants déguisés : c'est

une surprise organisée par Nadine qui a trouvé
des costumes dans les armoires du Palais des Fêtes !

Alexandre est revenu dans les coulisses pour changer de costume. Mais il a une mauvaise idée. « Si j'allais voir où conduit ce tunnel », se dit-il. Et saisissant la lanterne il avance avec précaution.
Après avoir tourné plusieurs fois, le couloir débouche devant un grand trou. Alexandre se penche.

Il essaie de voir ce qu'il y a au fond et, patatras ! il glisse, roule et tombe. La lanterne est cassée, il fait noir. Alexandre pleure et appelle.... Enfin les autres arrivent avec des lampes électriques. Arthur se laisse glisser dans le trou et le console. Podular lance une corde au petit éléphant et le remonte tout doucement.

Les déguisements rangés, tout le monde se retrouve dans le jardin du roi Babar. « Cette grotte me paraît très intéressante, dit le professeur Grifaton. Ne pensez-vous pas, cher Babar, que nous pourrions en explorer les couloirs ?
– Quelle bonne idée ! répond ce dernier. Nous allons organiser une expédition sérieuse.
– Bravo ! Bravo ! s'écrie Arthur.
– Dès demain je vais m'occuper de faire rassembler les équipements et les outils nécessaires, ajoute Cornélius.
– C'est cela, dit le roi Babar, et vous, mon cher professeur, vous devriez aller vous entretenir avec mon ami, le sculpteur Podular, qui est un amateur de spéléologie. »

Le lendemain, pour descendre dans les profondeurs
de la grotte, Babar forme une équipe.
Celle-ci se compose, bien sûr, de Babar et d'Arthur,
de Podular le sculpteur, d'Olur le mécanicien
et du docteur Capoulosse, dont la présence
est une précaution indispensable.
Le professeur Grifaton et le général Cornélius
restent en haut, en liaison téléphonique
avec Babar. Ayant revêtu des combinaisons
imperméables et des casques à lampe,
les cinq éléphants pénètrent dans la grotte,
encouragés par Colin et Nadine.

Après avoir traversé les salles de Nadine,
tourné et retourné dans les couloirs de plus en plus
sombres, Babar et ses amis se trouvent
brusquement devant une drôle de forêt.
« Oh ! Les belles stalactites ! » dit Podular.
Mais ce qui augmente l'excitation des spéléologues,
c'est la découverte d'une rivière souterraine.

« Olur ! s'écrie Babar.
Préparez vite
le téléphone !
Allô, professeur ?
Nous sommes devant
une rivière
souterraine !
Demandez, s'il vous plaît,
à Hatchibombotar
et à Pilophage
de descendre les canots
pneumatiques.

Nous allons voir où conduit cette rivière. Voulez-vous
venir avec nous ? _ Très volontiers, répond Grifaton,
je confie le téléphone à Cornélius et j'arrive.
_ Arthur va monter à votre rencontre jusqu'aux
salles de Nadine, pour vous montrer le chemin »,
dit Babar. Quelque temps plus tard, les canots
pneumatiques
sont là. Olur
et son ami
Hatchibombotar
commencent
à les gonfler.
Quand
ils sont fatigués,
Arthur et Podular
prennent
leur place.
Bientôt, six canots
sont mis à l'eau.

Ils glissent
au milieu de stalactites et de voûtes ténébreuses. Tout à coup un
immense statue sort de l'ombre. « C'est la statue du roi des mammouth
s'écrie Arthur. La vieille dame nous a raconté son histoire à l'école

Encore impressionnés par cette vieille statue cachée,
Babar et ses amis se trouvent soudain sur le lac
de Célesteville et sont presque aveuglés par la lumière
A cet endroit il y a beaucoup de roseaux ;
seuls les pêcheurs et les flamants roses ont l'habitude
d'y aller. Jamais Arthur n'aurait pensé que
la grotte de Nadine conduisît jusque-là....

Après avoir prévenu Cornélius par téléphone,
les explorateurs reviennent doucement
à Célesteville en pagayant. De leur côté
tous ceux qui étaient restés à l'entrée de la grotte,
avec le vieux général, reviennent à pied, à travers
la campagne. Les enfants sont impatients de poser
des questions à leur ami Arthur sur le voyage sous terre.

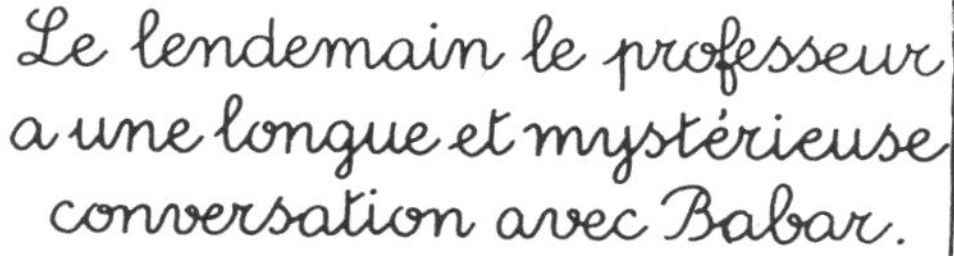

Le lendemain le professeur a une longue et mystérieuse conversation avec Babar.

Puis il s'installe à sa table de travail et y reste des heures sans lever la tête

L'après-midi, il tourne autour des plates-bandes, l'air absorbé par ses pensées.

Brusquement, sans rien dire à personne, il court jusqu'à sa voiture et démarre aussitôt.

Les enfants l'ont aperçu et, intrigués, ils se demandent: «Que fait monsieur Grifaton?»

Celui-ci est allé directement chez Hatchibombotar et il lui parle avec de grands gestes.

Hatchibombotar monte dans la 2 CV à la place du siège arrière et part avec le professeur.

Ils arrivent tous les deux au port de Célesteville, sur le chantier naval. Que se passe-t-il?

Le professeur Grifaton et Hatchibombotar sont venus
voir le commandant du port.
« Voilà, dit le professeur, il serait amusant
que tous les éléphants puissent se promener
sur la rivière en canot automobile.
Cela m'a donné l'idée de construire
un bateau-mouche qui ferait le tour du lac
de Célesteville pour s'arrêter devant la sortie
de la rivière. Il y aurait là un débarcadère et
chacun choisirait son canot pour visiter les grottes.
Voici le plan du bateau-mouche.
– Bravo ! dit le commandant, nous allons voir cela. »

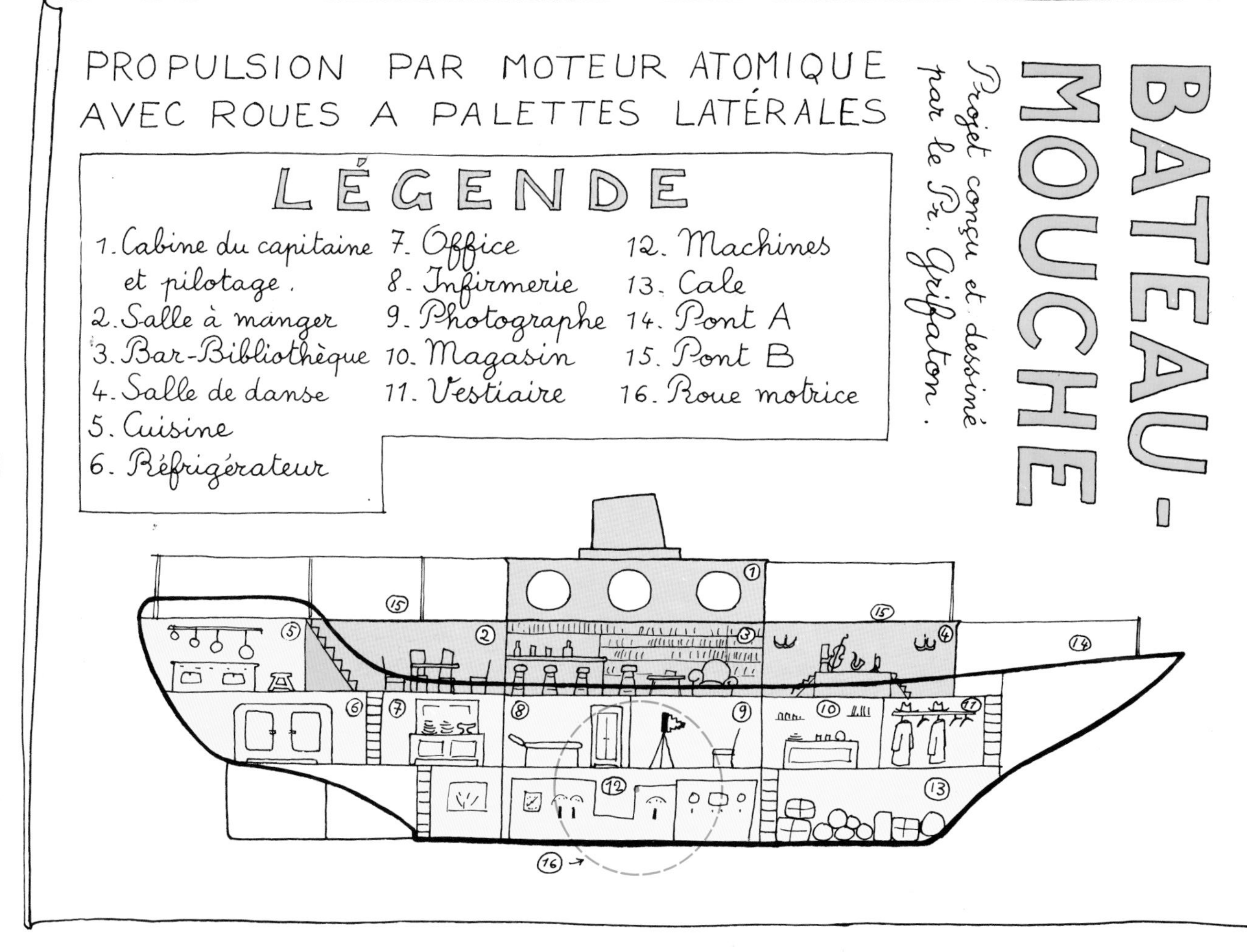
BATEAU-MOUCHE
Projet conçu et dessiné par le Pr. Grifaton.
PROPULSION PAR MOTEUR ATOMIQUE
AVEC ROUES A PALETTES LATÉRALES
LÉGENDE
1. Cabine du capitaine et pilotage.
2. Salle à manger
3. Bar-Bibliothèque
4. Salle de danse
5. Cuisine
6. Réfrigérateur
7. Office
8. Infirmerie
9. Photographe
10. Magasin
11. Vestiaire
12. Machines
13. Cale
14. Pont A
15. Pont B
16. Roue motrice

Quelque temps plus tard, le bateau-mouche est prêt pour son premier voyage. « Voilà votre idée réalisée, professeur, dit Babar. Je crois que tous les éléphants

sont ravis.» La sirène retentit, tout le monde se dépêche. Les marins s'apprêtent à larguer les amarres.... Mais où sont partis les enfants ?

Arthur et ses petits amis étaient allés faire
une promenade à bicyclette. Colin et Nadine
ont pris place dans une remorque.
Quand l'heure du départ du bateau-mouche
approche, ils sont encore loin. Vite ! vite !
Brusquement, dans un virage, la remorque
perd une roue. Pom, derrière, donne un violent
coup de frein. Aïe ! Patatras ! Les voilà par terre.

Colin a roulé en boule, il ne s'est pas fait mal.
Mais le gros Pom est tout étourdi et Nadine
s'est écorché le genou. Flore, gentiment, lui souffle
dessus, pendant qu'Alexandre fait de l'auto-stop.
Heureusement, Olur le mécanicien
passait par là ; il les aide à monter dans son
camion pour les emmener au port de Célesteville.
« Pourvu que nous arrivions à temps », dit Arthur.

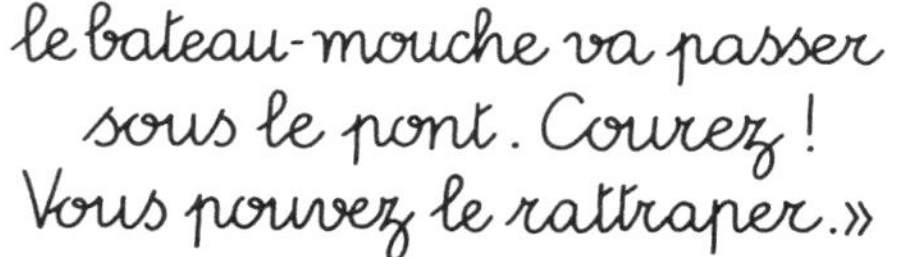

Les enfants courent à toutes jambes : les voici sur le pont juste à temps.

5
Penché sur la balustrade, Arthur fait de grands signes au bateau.
6
Dans la cabine du pilote le capitaine les aperçoit et donne l'ordre d'arrêter.
7
Aussitôt, on leur lance une échelle de corde depuis l'arrière du bateau.

Un peu émus, mais tout fiers de cette équipée,
les enfants se jettent dans les bras de Babar et de
Céleste. « Que vous est-il arrivé ? s'écrie celle-ci.
Je vous avais bien dit que vous n'aviez pas le temps
de faire un tour à bicyclette avant l'heure du départ. »
Alors Arthur explique toute l'histoire.
Puis, accoudés au bastingage,
ils regardent l'eau qui file doucement
sous le bateau. « Que cette promenade
est donc délicieuse, dit la vieille dame
à son frère monsieur Grifaton,
et comme j'aime le lac de Célesteville. »

Arrivé devant la rivière souterraine,
le bateau-mouche accoste au débarcadère.
Les passagers descendent et choisissent un
canot automobile. Mais Cornélius et la vieille dame
craignent l'humidité de la grotte pour leurs
rhumatismes. « Au revoir ! Pas d'imprudences ! »
disent-ils. « Teuf ! Teuf ! En avant ! » s'écrie Arthur.
Babar allume les phares de son canot.

Les projecteurs illuminent la grotte qui paraît

immense. C'est vraiment le palais des mammouths !

Une heure plus tard le bateau-mouche
est en vue du port de Célesteville.

« Vive le bateau-mouche ! Vive le professeur Grifaton ! »
crient tous les éléphants massés derrière la balustrade.
Chacun se faufile pour mieux voir.
Les petits grimpent sur les épaules de leurs parents
ou sur les autos. « Demain nous arriverons
en avance pour avoir de la place, dit l'un d'eux.
Je serai le premier. – Non ! C'est moi ! » dit un autre.

Le soir, au Palais des Fêtes, Cornélius décore
le professeur Grifaton et lui épingle sur la poitrine
la médaille de Bienfaiteur de Célesteville.
La cérémonie a lieu en présence du roi Babar
et de la reine Céleste. Au même moment
les enfants en pyjama contemplent la scène
à la télévision avec la vieille dame.
Ils sont très excités et applaudissent très fort.

Mais un jour le professeur Grifaton doit rentrer
chez lui : les vacances sont terminées.
Après avoir fait tristement ses bagages, avec Colin
et Nadine, il dit au revoir à tous ses amis.
Il embrasse sa sœur la vieille dame,
prend congé avec émotion
de Babar et de Céleste, et monte dans la 2 CV
avec ses petits-enfants.
Tous trois sont bien décidés à revenir bientôt
au pays des éléphants.

FIN

Jean de Brunhoff (1899-1937)
Histoire de Babar
Le voyage de Babar
Le roi Babar
A B C de Babar
Les vacances de Zéphir
Babar en famille
Babar et le père Noël

Laurent de Brunhoff (1925)
Babar et ce coquin d'Arthur
Pique-nique chez Babar
Babar dans l'île aux oiseaux
La fête de Célesteville
Babar et le professeur Grifaton
Le château de Babar
Je parle anglais avec Babar
Je parle espagnol avec Babar
Je parle allemand avec Babar
Je parle italien avec Babar
Babar à New York
Babar en Amérique
L'anniversaire de Babar
Babar sur la planète molle
Babar et le Wouli-Wouli
Babar et les quatre voleurs
La petite boîte Babar

Serafina the giraffe
Serafina's lucky find
Captain Serafina
Anatole and his donkey
Bonhomme
Gregory et Dame Tortue
Bonhomme et la grosse bête
qui avait des écailles sur le dos
The one pig with horns